LA DIRECTION
DU VENT

LA DIRECTION DU VENT

Soukhayna Caristan

Du même auteur
Un papillon au cœur, 2017, Auto-édition.
La lumière du papillon, 2018, Améthyste Éditions.
Espoirs d'amour, 2020, Auto-édition.

Contact
unpapillonau.coeur@gmail.com

Retrouvez-moi sur
https://www.facebook.com/Unpapillonaucoeur

ISBN : 978-2-3222-7061-3

© Soukhayna Caristan — 2021

CHAPITRE 1

UNE RENCONTRE AU PRESENT

Une évidence

Quand je suis entré sur le plateau, mes yeux n'ont pas eu à la chercher, elle a jailli devant moi par sa présence et sa beauté. « *Bon sang,* j'ai pensé. *Elle est plus belle que dans les magazines. Plus belle que l'image que j'en avais.* » Je suis allé vers elle et le temps s'est arrêté. À vrai dire, j'avais la sensation que chaque pas était un ancrage renouvelé ; il était lourd et marquait la distance qui me séparait d'elle.

Mon assistante était en train de lui parler quand je suis arrivé à son niveau et elle s'est tournée vers moi tout en m'interrogeant du regard comme pour me dire « *Qu'est-ce que tu fiches avec cet air béat ?* » J'ai immédiatement rectifié la courbe de ma bouche et pris un air de circonstance, sérieux et professionnel, mes sourcils légèrement froncés.

– Bonjour, Da Cruz.

– Enchantée, m'a-t-elle répondu simplement.

Le timbre de sa voix a sonné comme du velours. J'en connaissais sa texture, sa teneur. Alors même que nous échangions des banalités, mon esprit cherchait le point de rencontre, le souvenir, l'expérience associée à cette reconnaissance. J'ai balayé mon passé, des amies de mon amie à ma scolarité, en passant par tous les endroits où j'avais vécu. Rien. Je n'ai rien trouvé.

– L'interview sera enregistrée et l'émission diffusée le 30 septembre, ai-je dit pour dissimuler mon embarras.

J'ai continué à discourir sur des informations qu'elle avait déjà, jusqu'à ce que Solange nous invite à nous asseoir et prévienne la régie que nous étions prêts.

Puis je me souviens du « *Go* » soufflé dans mes oreillettes et je suis parti sans filet, sous le charme de cette jeune femme si près de moi que je découvrais à peine et que je connaissais déjà.

*

Ma notoriété, je l'ai gagnée au fil des émissions. J'aime les gens et j'ai le don de les faire accoucher d'eux-mêmes. Il n'est pas un invité qui ait dérogé à cette règle. Chacun d'eux m'a livré ce petit quelque chose qu'il n'avait livré à personne d'autre auparavant. Je n'ai pas vraiment de mérite, j'ai l'art de poser les questions et d'attirer les confidences.

Pourtant, avec Angela, c'était différent. Elle avait une façon de se livrer à laquelle je ne m'attendais pas. J'avais tout lu sur elle, tout regardé, et je découvrais à son contact une qualité d'être que je n'avais encore jamais rencontrée. Elle me déroutait. Ses yeux d'un vert incroyablement profond sondaient mon âme à chaque fois que je lui posais une question, pour me perdre dans le vide et m'amener avec elle jusqu'à ce que ses mots se donnent dans une nudité déconcertante.

– Vous venez de publier votre premier roman et vous êtes déjà une star, Angela, comment expliquez-vous cet engouement ?

– Je ne me l'explique pas, je suis le mouvement de la vie et j'ai appris à me réjouir de ce qui est déjà là. Il se trouve que j'ai rencontré le directeur de la collection « Rêves'elles-toi » lors d'un voyage, dans l'avion. J'étais assise à côté de lui, et j'étais en train d'écrire les premières pages de mon livre. Nous avons parlé d'« écriture », et de cette joie nouvelle qui m'habitait. Ce n'est qu'à l'atterrissage, au moment de ranger mon ordinateur qu'il m'a laissé sa carte. Je l'ai remercié et nous nous sommes dit « au revoir ».

– Et c'est tout ? Vous n'en avez pas profité pour vous placer ? Un directeur de collection... quand même, ce n'est pas n'importe qui quand on écrit...

– J'ai souri, oui. J'ai trouvé que c'était un joli clin d'œil, répondit Angela. D'ailleurs quand il m'a demandé si j'étais écrivain, je lui ai répondu que je jouais à l'être, que la vie était un jeu et que j'aimais plus que tout ce challenge. Je crois que je l'ai intrigué, parce qu'il a mis du temps pour me répondre. Par contre, le lendemain il m'appelait pour me dire qu'il serait mon éditeur, que j'avais la tête d'une écrivaine à succès et qu'il ne voulait pas laisser passer la chance de sa vie. Nous avons plaisanté à ce sujet et puis voilà : six mois plus tard, je mettais le mot fin à mon livre. La suite, vous la connaissez.

Angela s'était tue. Il m'a semblé un instant qu'elle s'attendait à ce que je l'interroge sur son prénom. Ceux qui suivent mon émission savent très bien que j'adore jouer avec l'étymologie des prénoms. Angela « la messagère ». J'ai pensé que c'était *too much*. C'était tellement énorme pour moi de la rencontrer. Je me plaisais à prendre du recul et à la regarder comme on regarde une personne pour la première fois alors que j'avais l'impression que je la connaissais plus qu'elle ne se connaissait elle-même.

C'était une très belle femme d'une trentaine d'années, métisse aux yeux verts, avec un sourire qui invite à entrer en relation avec elle et en même temps déroute ; elle a l'air d'avoir tellement d'expériences qu'on se sent tout petit à côté. Guyanaise d'origine, même si elle avait vécu à Cayenne jusqu'à sa majorité, elle habitait à Toulouse depuis plus de dix ans et je m'étonnais de ne jamais l'avoir croisée. Une fille comme ça, si on la croise, on ne l'oublie pas. J'avais tout lu à son sujet mais rien sur sa passion pour des soirées à danser jusqu'à plus d'heure ; il n'y a que là que la rencontre aurait pu avoir lieu car il n'y a que la nuit que je sortais jusqu'à ce que la raison me rattrape et que je revienne à mes premières amours, la vie des autres, le dessin et les livres. Oui, être illustrateur était mon rêve d'enfant. Je décidai finalement de l'interroger sur ce thème. À dix-huit ans, elle avait travaillé dans une librairie ésotérique. *Le goût des livres lui vient peut-être de là,* ai-je pensé. Et je lui ai posé cette question aussi simplement que cela :

– C'est dans la librairie ésotérique de votre tante que vous est venu le goût de l'écriture ?

– Dieu seul le sait, répondit-elle les yeux accrochés quelque part dans le vide. J'ai toujours écrit, j'ai un besoin vital de me créer des repères, une famille et d'écrire des mots qui parlent d'amour.

Quand elle m'a souri, j'ai compris qu'elle avait lu dans mes pensées. J'ai continué :

– Et là cette année, alors que ça faisait dix ans que vous aviez quitté la Guyane et la librairie, vous vous êtes dit, « Tiens, si j'écrivais un livre de développement personnel ? »

Elle me regarda droit dans les yeux :

– Je vous trouve taquin tout à coup. Ma vie n'a rien de si extraordinaire, vous savez. J'ai seulement ouvert là où nous avons pour habitude de mettre des verrous et de rester dans notre zone de confort. J'ai ouvert, j'ai demandé et j'ai reçu.

Waouh, mais quelle grâce dans ses mots ai-je pensé, et j'ai poursuivi :

– Le livre s'est écrit aussi simplement que cela ?

– Oui, j'ai fait suivre mon ordinateur partout où je suis allée et plutôt que de pianoter sur mon iPhone comme nous le faisons tous, j'ai écrit tout ce qui me passait par la tête et touchait mon cœur ; et c'est en partageant quelques extraits régulièrement sur Instagram que j'ai pu mesurer l'impact que ces mots avaient sur ceux qui me suivaient.

Quelque chose était en train de lâcher et allait s'offrir, j'ai continué :

– Vous écrivez dans votre livre que « l'âme siège dans notre cœur ». C'est donc pour vous une réalité. Nous avons tous une âme ?

Angela se redressa et, tel le torero avant de planter ses banderilles, elle fit corps avec son adversaire, en l'occurrence moi :

– Oui. Et quand elle est brimée, le cœur se pince. Ça vous parle ça ?

La voilà arrogante, j'aime. La fulgurance de cette pensée me fit presque sourire.

– J'ai déjà effectivement ressenti cette douleur dans la poitrine parfois quand j'ai eu le sentiment de ne pas être à ma place, d'être sur un chemin qui n'est pas le mien, un peu comme une frustration sans savoir laquelle, un mal-être, un rêve resté en suspens.

Voilà que je me mettais à répondre à ses questions, je repris la main :

– D'ailleurs, parlez-moi de vos rêves Angela, il semblerait qu'ils soient particuliers depuis votre plus tendre enfance.

Elle prit le ton de la confidence :

– J'étais une enfant originale. Déroutante. Non pas parce que je me sentais orpheline — presque tout le monde avait un peu ce sentiment dans le pensionnat — mais parce que j'étais capable de rêver en plein jour les rêves des autres ; j'écrivais des histoires qui apaisaient les cœurs blessés et, qui sait, j'ai peut-être ainsi contribué à ce qu'un jour leurs rêves profonds se réalisent ?

– Ah ça y est, je me souviens ! Je venais de m'exclamer tout haut.

Et c'est à cet instant précis que l'interview a basculé.

Le souvenir

Dans le public, j'ai senti une agitation anormale. J'ai regardé autour de moi et j'ai vu Solange gesticuler tout autour du caméraman. *Qu'est-ce qui se passe ? C'est quoi, ce bordel ?* Et elle m'a crié dans l'oreillette : « Qu'est-ce que tu fous, Timéo ? »

Puis j'ai vu Angela sourire. Elle « me » souriait. J'ai raclé un peu ma gorge et je suis revenu dans le moment présent illico. *Angela est magique,* j'ai pensé. Je venais de retrouver le souvenir du moment où je l'avais déjà vue. Et j'étais certain à présent qu'elle se rappelait aussi. La façon qu'elle avait eue de me regarder ne laissait aucun doute. Les autres ne pouvaient pas comprendre. Pas maintenant, en tout cas.

Le temps s'était arrêté. Nous avons continué à nous regarder. C'était comme une danse. Je voyais sa robe virevolter autour d'elle. Et c'est elle qui a arrêté la musique en reprenant comme si de rien n'était :

– Oui, le souvenir est encore là et il vous revient comme il me revient. Je vous ai raconté tellement de choses déjà au téléphone l'autre jour. Le temps est passé si vite et pourtant mon enfance est encore si présente…

Elle venait de me sauver la vie avec un naturel déconcertant.

– Je voyais le bien et le bon partout. Alors j'ai consolé. J'ai bercé alors que j'étais moi-même en âge d'être bercée, que mon père me manquait et que ma mère partie quand j'avais à peine trois ans avait eu si peu le temps de le faire. J'ai raconté des histoires comme on ne me les a jamais racontées. Et la vie s'est occupée du reste. Elle a réparé les cœurs écorchés. Elle a redonné le sourire à mes camarades et surtout, elle a exaucé des rêves enfouis si profondément. À en pleurer. Alors tant pis si les sœurs du pensionnat m'appelaient Bisounours. Mon monde à moi était pur. Mes intentions pleines d'amour. Je n'ai aucun mérite, je crois que je suis née comme ça.

– Vous parlez comme vous écrivez, la stoppais-je dans son élan. Ou plutôt, pour avoir lu vos publications sur Instagram, vous écrivez comme vous parlez et là je suis suspendu à vos lèvres... Vous êtes si mystérieuse Angela pour le reste du monde et j'ai la chance de vous connaître sur un autre plan. Mais cela pourrait être le sujet d'une autre émission, n'est-ce pas ? Elle aurait pu s'appeler « Aux frontières du réel » mais c'est déjà pris sur une autre chaîne.

J'ai respiré profondément pour maîtriser mon émotion. Et j'ai poursuivi :

– Reprenons. Quel est le rêve qui vous a marqué le plus ? Avez-vous rencontré des rêves irréalisables ?

– Vous savez, pour moi il n'y a pas de rêve interdit quand ils viennent du cœur. En grandissant, nous perdons nos rêves d'enfant. Avec l'âge nous abandonnons si souvent notre âme. Nous nous laissons séduire par un carrosse doré et notre voyage n'est plus le même, il perd sa fraîcheur. Nous devenons trop souvent attachés à la forme. Quand un rêve est pur, même s'il est fou, il voit le jour. La vie est puissante, vous savez ! Et quand on croit en elle, nos espoirs se réalisent.

– Toujours ? Ils se réalisent toujours, vous dites ? J'en ai eu qui ne se sont jamais réalisés. En tous les cas, pas encore…

Elle enchaîna alors même que j'allais poursuivre.

– Ici ou là-bas ? Il n'y a pas de limite pour l'appel de l'âme.

– Là-bas ?

– J'ai la certitude que d'autres réalités existent, nous confia-t-elle.

– D'autres réalités ?

– Oui pour moi le temps et l'espace sont des vues de l'esprit humain. Nous vivons sur plusieurs plans en même temps.

J'étais sûr qu'elle se rappelait. J'y étais et elle y était aussi. Ce jour-là, la lumière était si belle. Tout me revenait.

Elle me faisait passer des messages. Je lisais entre les lignes. Elle me guidait, et voilà qu'elle m'amenait dans sa réalité. « *Bienvenue* », semblait-elle me dire. Et j'entendais « *Enfin là. Enfin je t'ai retrouvé* ». Elle s'exprimait sans cliché. Elle avait la main sur le cœur. *C'est un ange, c'est sûr,* me dis-je.

– Soyez plus explicite s'il vous plaît !

– L'histoire est longue vous savez, et quand elle se raconte elle me traverse et je ne peux arrêter le flot de ce qui se raconte. Nous pourrions finir à l'aube et l'émission touche à sa fin si j'en crois la montre sur mon poignet.

Elle a de l'humour en plus ! Cette femme est merveilleuse ! J'étais sous le charme. Est-ce que je peux avoir une copine dans ma vie et tomber amoureux d'une autre ?

« On rend l'antenne dans cinq minutes ! » Mon oreillette avait des airs d'hygiaphone à me faire sursauter, tout comme mon cœur qui battait la chamade.

Juste avant de conclure, j'ai tenté une dernière question :

– Rêve et magie de la vie. Un joli couple. Vous pensez que nous pouvons faire confiance à nos rêves alors ? Il est là votre don, faire de la vie de chacun une vie enchanteresse ?

– Si dans « don » il est question de donner le meilleur de nous-mêmes, alors oui j'ai ce don et il s'est affiné avec le temps car plus j'ai vu des rêves se réaliser et plus mon don s'est affiné. Aujourd'hui, je n'ai plus besoin que l'on me fasse des confidences. Je lis clair dans ce qui n'est pas visible. C'est difficile à décrire comme ressenti. Mais je peux être là avec vous et sentir que quelqu'un là-bas derrière la caméra est complètement perdu et qu'il refoule des pleurs dont il n'est même pas conscient.

Je croisais les doigts dans mon for intérieur pour que le temps s'arrête. J'avais tellement de questions à lui poser encore. Tellement.

– L'hypersensibilité fait la une des journaux. Ne diriez-vous pas de vous que vous êtes une hypersensible ?

– Certainement. La vie me parle à chaque instant. Même ma liste de courses me raconte des histoires.

L'image ne fit pas sourire que moi ; le rire de Solange se fit entendre ainsi que celui du public. Angela fit mine de ne rien voir et continua dans la foulée :

– Il fut un temps où l'on appelait les gens comme moi « voyant » ou « médium ». Alors oui, je suis une hypersensible. Je suis une grande émotive et je ressens beaucoup de choses. Plus je me laisse traverser et plus je me sens vivante. Je ne cherche pas à être comme cela pour en faire commerce ; je suis née ainsi. J'ai fait le choix de ne plus en souffrir, alors je joue avec mes ressentis en les laissant s'exprimer pour faire du bien. Je leur donne de l'amplitude et je vois l'âme danser. Je crois ne pas me tromper en disant que la vôtre danse en ce moment.

« Plus que dix secondes. Timéo, tu ne réponds pas ! » Solange avait pris le micro.

Il fallait conclure :

– C'est sur cette danse que je vais vous remercier, Angela, pour ce merveilleux moment en votre compagnie. Je crois que nous sommes nombreux à être sous le charme. Nos rêves vont prendre une tout autre saveur, j'en suis sûr. Merci infiniment.

– Merci, répondit Angela. Merci pour les voyages qui se racontent dans vos yeux. D'ailleurs il en est un qui vous habite depuis trop longtemps, n'est-ce pas ?

« Coupez ! »

CHAPITRE 2

NOTRE DAME DE L'ETOILE

Une rentrée
pas comme les autres

Sous le soleil, la voiture serpentait parmi les arbres de la forêt amazonienne. Ombeline était assise devant pour la première fois. Elle ne bougeait pas tellement elle était fière d'être à côté de son papa. Le jour était exceptionnel ; le souffle du temps venait de tourner une page du livre de sa vie. Au volant, son père était absorbé par des pensées qui tournaient en boucle. Ombeline à l'hôpital. Ombeline à l'école. Ombeline assise sur ses genoux pour l'histoire du soir. Ombeline et la fête de son anniversaire pour ses cinq ans, il y avait quelques jours à peine. Le 15 août. La rentrée était pour demain. Elle serait un peu spéciale cette fois puisque Ombeline intégrait la pension « Notre Dame de l'Étoile ».

Antoine était un homme que l'on appelle chez vous, les humains, une « belle âme ». Il n'avait eu de cesse depuis sa naissance de remplir le contrat qu'il avait signé, au-delà du voile : celui de prendre soin de toute âme qui vive et qui en aurait besoin. De projet humanitaire en projet humanitaire, il avait parcouru le monde et « sauvé des vies » comme aimait le rappeler sa femme à qui voulait bien l'entendre, avant qu'elle ne le quitte pour toujours quelques semaines auparavant, fauchée par une voiture, alors qu'elle attendait le bus. Aujourd'hui, Antoine se retrouvait avec cette petite âme à chérir. Elle était son unique enfant. Et comme les chiens ne font pas des chats, elle portait en elle la graine d'une vie hors du commun. Il devait la protéger pour que son cœur ne soit pas affecté ; il était le nid de tellement de trésors à éclore. Or depuis la mort de sa femme, Antoine s'était rendu à l'évidence qu'il n'arriverait pas à assurer une vie stable à son enfant.

Parfois, quand un malheur arrive dans une famille, le parrain et la marraine sont un soutien. Chez eux, il n'y avait pas eu de baptême et la seule personne susceptible de s'occuper de la petite était la sœur d'Antoine, Marcia — appelée Chamtiba à l'extérieur du cercle familial parce qu'un jour une voyante l'avait proclamée Marabout sous ce nom-là. Elle était redoutée par son frère qui la savait arriviste et jalouse. Il était hors de question de lui confier Ombeline.

Le jour de la naissance de « la petite », Marcia s'était penchée sur son berceau, certaine que cette enfant était porteuse du don qui se transmettait dans la famille toutes les deux générations, celui de « voir la vie en toute chose ». C'est à l'expression lue sur son visage que son frère sut qu'il ferait tout ce qui était en son pouvoir pour que Ombeline ait le moins de contact possible avec elle. Sa sœur avait toujours été frustrée de ne pas avoir d'enfant et encore moins de talent. Après des années passées à papillonner et rager après la réussite des autres, elle avait fini par ouvrir une boutique ésotérique, persuadée qu'à fréquenter des gens « connectés » elle le serait aussi. Elle se voyait devenir une médium de renom, voire une experte en magie, toute puissante et respectée ; et en Guyane, on ne rigole pas avec la magie.

Ombeline et Antoine avaient eu ces quatre dernières semaines pour apprendre à vivre ensemble. Angela était partie pour toujours et avait été tellement présente dans leur vie qu'il avait fallu tout ce temps pour apprivoiser leur quotidien à tous les deux et sans elle. Certes ils s'adoraient, mais Antoine avait été un père absent parce que toujours à courir le monde pour porter secours. À la hauteur des cinq ans d'Ombeline, il avait été deux fois présent à son anniversaire ; et la dernière fois, c'était il y a quelques jours à peine.

*

Ombeline tenait précieusement sur ses genoux son livre de chevet *Le voyage enchanteur*.

– Tu sais Papa, dans l'école où tu m'amènes, il faut que tu leur dises que mon rêve c'est de faire faire le tour du monde dans ma montgolfière à tous les enfants malheureux.

– Mais ma chérie, tu n'as pas de montgolfière…

– J'en fabriquerai une et je pourrai venir te voir dans les pays où tu seras. Tu me donneras les enfants malheureux et moi je les rendrai heureux parce que je les ferai monter très haut et ça leur fera des guilis dans le ventre et dans le cœur comme quand on saute du plongeoir. Et puis je leur raconterai des histoires d'amour.

Antoine sourit.

– Oui ma chérie, je le leur dirai. Je leur ai beaucoup parlé de toi, tu sais.

– Ah oui et tu leur as dit quoi ?

– Que tu as toujours aimé lire et écrire. Qu'à deux ans tu savais lire l'alphabet et que tu commençais à former les lettres. Et que tu adores les histoires. Inventer des histoires.

Cette journée avait été douce. Ils s'étaient rendus tous les deux à Kourou pour visiter le Centre Spatial et déguster une glace avec des boules de toutes les couleurs et ils revenaient à présent à Cayenne. Demain, c'était la rentrée et il fallait finir de préparer les affaires.

– Papa ?

– Oui ma chérie ?

– Je suis bien avec toi. Mon petit cœur se pince. Il me dit que je dois pas te dire que je suis triste un peu quand même ; mais je peux pas m'empêcher de te le dire car c'est la vérité. Tu vas me manquer mon papa joli.

Touché coulé, Antoine. Comment allait-il faire lui aussi sans les femmes de sa vie ?

– Moi aussi je t'aime. J'ai de la chance de t'avoir dans ma vie. Mais il y a tellement d'enfants qui sont tristes partout dans le monde qu'il faut que j'aille aussi les aider. Et puis je te jure que je viendrai te voir dès que je le pourrai.

Ombeline soupira tout doucement pour ne pas l'inquiéter. Elle savait très bien que les visites seraient rares. Elles l'avaient toujours été. Elle se dit qu'elle était grande et que c'était ça, devenir responsable. Elle avait cinq ans quand même !

*

Le lendemain, ils étaient main dans la main, devant la grande bâtisse coloniale siégeant place des Palmistes, l'école « Notre Dame de l'Étoile ». Sur le perron ourlé d'arcades, les parents attendaient patiemment avec leurs enfants que les deux battants de la porte de bois rouge et blanc s'ouvrent pour les laisser entrer. Cette pension était une ancienne école maternelle, récemment agrandie et réaménagée en pension pour enfants dits « précoces ». Il y avait peu d'élus, vingt enfants à peine, pour que chacun puisse être accueilli et accompagné individuellement.

Ombeline commençait à trouver le temps long. C'était bien joli tout ça, mais elle voulait en finir, et elle s'était promis de ne pas pleurer. Alors qu'elle regardait ses pieds, et se dandinait au bout du bras de son père, elle aperçut sur sa gauche, assis sur les marches donnant sur le trottoir, un garçon à peine plus âgé qu'elle en train de dessiner sur un carnet, tout en sifflotant. « *Ils sont où ses parents ?* » pensa-t-elle, puis les vit un peu plus loin, le papa consolant la maman qui pleurait en silence. Le petit garçon finit par se tourner vers elle ; Ombeline stoppa net ses gesticulations et plongea son regard dans l'or de ses yeux. Même le son de la cloche ne sépara pas ces deux-là, et c'est la maman qui finit par tirer son fils par le bras en lui frottant la poussière restée sur son pantalon. Tout ce joli petit monde s'engouffra en silence dans l'établissement jusque dans la cour.

Une sœur habillée d'une longue robe bleue se mit à faire un discours et évoqua la dizaine d'années que les enfants passeraient ensemble avant d'aller à l'Université. Ombeline comprit que c'était une rentrée exceptionnelle : ce petit groupe-là se suivrait de longues années, jusqu'en terminale. Puis la sœur donna des pourcentages, des chiffres... Ombeline était partie dans ses pensées. Il était où le garçon au carnet ?

– Ne soyez pas inquiets les enfants, vous retrouverez tout à l'heure vos parents dans le réfectoire, nous allons vous faire visiter l'établissement, vos parents ont déjà fait la visite lors de votre inscription. J'appelle Sarah, Alicia, Anaïs, Jade, Ombeline... Ombeline ?

La voix de la sœur la rappela à la réalité. « On m'appelle ? », elle se tourna vers son père qui la rassura et elle alla rejoindre le groupe de filles.

– Alors c'est donc toi, Ombeline ? Tes voyages se racontent effectivement dans tes yeux.

La voix et le sourire de la sœur étaient doux. Elle accueillait chacun avec une petite attention particulière qui lui faisait penser que les parents avaient raconté plein de choses sur chacun d'entre eux et que son père avait certainement parlé de sa montgolfière.

– Et enfin Théodore, notre petit Léonard de Vinci. N'est-ce pas mon garçon ? C'est toi qui croques tout ce que tu regardes dans ton carnet ?

Il acquiesça d'un mouvement de tête et rejoignit le groupe des garçons.

– Dix filles et dix garçons. Notre école est fière de vous accueillir. Vous êtes tous des enfants pleins de talents. L'équipe enseignante et moi-même nous engageons à vous soutenir dans vos passions tout en vous donnant une scolarité adaptée aux besoins et au rythme de chacun.

Ensuite, tout était allé très vite. Un garçon et une fille en rang pour la visite. Théodore et Ombeline s'étaient retrouvés placés ensemble. La visite des classes. Des dortoirs. Et puis la cantine. Encore un discours. Puis le bisou aux parents. Le bisou et les pleurs. Les promesses de se revoir très vite. Puis la grande porte de l'école « Notre Dame de l'Étoile » s'était refermée.

Le pouvoir des images et des mots

Quatre ans plus tard

Sur le bureau de Sœur Thérésa était posée une grande boîte à chapeaux de couleur mordorée. Les élèves chuchotaient entre eux. Mais qu'y avait-il à l'intérieur ? La maîtresse donnait son cours de mathématiques dès le début de la classe, comme chaque matin ; elle se plaisait à dire que c'était le seul moment où ces enfants-là étaient réceptifs, qu'il n'était pas si facile d'intéresser des poètes à l'art des nombres. Cela faisait beaucoup sourire Sœur Géraldine, la directrice, car elle s'était fait plaisir assurément à recruter ces petites têtes bien faites, et une tête bien faite était une tête qui allait œuvrer pour changer le monde. Elle avait créé avec ses collègues un programme « secret » qui s'appelait « Sur la Piste des Géants ». Leur motivation : sensibiliser ces petits génies à l'amour du beau. Elle s'était bien gardée d'en faire la confidence aux parents, certains étaient ingénieurs et travaillaient au Centre Spatial de Kourou.

10 heures. La cloche avait sonné. La maîtresse n'avait pas tardé à se rendre dans la salle des maîtres pour prendre son thé avec les autres sœurs. Les élèves étaient sortis en rang jusqu'à la cour. Théodore et Ombeline étaient sortis en dernier pour

avoir le plaisir de satisfaire leur curiosité. Il avait fait le guet pendant qu'elle avait levé le couvercle. Déception. La boîte ne contenait ni lapin ou éléphant, ni chapeau d'ailleurs. Des petits bouts de papier étaient pliés en deux. L'énigme restait entière. Il fallait rejoindre les autres.

*

Cela faisait quatre ans que ces deux-là étaient complices de chaque instant. On les appelait « les inséparables ». Ils partageaient tout ; les bonnes appréciations comme les mauvaises. Ils étaient bons en tout, même en bêtises. Ils étaient très vite devenus les fanfarons de service. Mais les punitions n'étaient jamais très sévères car « leurs cœurs étaient gros comme ça », confessait souvent la sœur qui tenait la permanence. Ils avaient le cœur sur la main et n'avaient de cesse de prendre soin des autres. Dès qu'il y avait une âme en peine, ils allaient de concert, chacun à sa manière, panser les blessures de leurs petits camarades. Théodore offrait un dessin et Ombeline un poème. C'était devenu un rituel très organisé. Cela se passait durant les récréations ou le soir avant d'aller au lit. Après le repas, lors du quartier libre, ils s'installaient dans la salle de jeux et attendaient. Parfois personne ne venait, parfois deux ou trois enfants faisaient la queue. Et chacun leur tour s'asseyait, disait quelques mots à voix basse. Au début Théodore et Ombeline fermaient les yeux pour les ouvrir ensuite. Théodore pour faire un dessin. Ombeline pour y écrire un poème tout autour. Leur camarade repartait avec sa feuille de papier, et la mettait sous son oreiller. Le lendemain, les soucis étaient envolés. Il y avait un bruit qui courait que tout cela était magique. Et quand on interrogeait Ombeline, elle disait « J'imagine la vie idéale de tout mon cœur », Théodore sait ce qu'il a à illustrer et moi à écrire.

*

– Les enfants, je vous ai réservé une petite surprise.

Tout le monde se tut.

– Vous avez vu cette boîte ? Eh bien dans cette boîte, il y a des petits bouts de papier sur lesquels j'ai écrit des citations d'auteurs très connus et moins connus. Je vais vous demander d'en piocher un. Il sera le sujet de votre rédaction du jour. Jeudi dernier, nous avons réfléchi sur les « trésors souterrains de la vie » et nous avons su trouver combien elle prend des voies parfois surprenantes pour nous amener là où Dieu sait qu'il est bon que l'on aille. Nous allons poursuivre notre exploration. Quel est votre talent caché ?

Chacun tira du chapeau sa pépite et en fit la lecture à haute voix.

Pour Théodore, ce fut une citation de Cyril Massarotto : « Le bonheur est comme un cadeau et, comme tout cadeau, il n'existe que s'il est offert à quelqu'un. »

Pour Ombeline, William Arthur Ward : « Si vous pouvez l'imaginer, vous pouvez y arriver ; si vous pouvez y rêver, vous pouvez le devenir. »

En quelques mots, leur histoire était écrite.

La promesse

« Je t'aime, un peu, beaucoup, passionnément... » Ombeline était en train d'effeuiller une pâquerette dans ses pensées en souvenir d'une scène de cinéma où l'acteur finissait par prendre sa compagne dans les bras pour lui dire : « A la source de tout, ma chérie, il y a la foi, l'espérance et l'amour ». C'était une sacrée phrase qu'elle avait apprise par cœur. Elle savait reconnaître les mots qui parlent.

– Ombeline ! Ombeline !

Théodore courait sur la plage vers elle. Elle se leva et marcha dans sa direction, un grand sourire aux lèvres.

– Mais tu pleures ?

Il suffoquait.

– C'est... c'est ma mère. Elle vient de me téléphoner. Elle vient me chercher lundi. La « Dame de l'Étoile » c'est fini pour moi. On rentre en métropole. Papa a un poste au CNES à Toulouse. Je... je vais partir. Je ne vais plus te voir. Oh mon Ombeline ! On est si bien tous les deux, comment je vais faire sans toi ? Je vais étouffer là-bas. J'ai besoin d'air. De toi. De la mer. De tout.

– Viens, lui dit-elle. Elle le prit par la main et l'amena vers leur cabane, petit havre de paix construit entre les racines des arbres sur la plage. Ils aimaient s'y retrouver le mercredi après-midi. C'est là qu'il dessinait à l'ombre et qu'elle écrivait ses poèmes. D'autres enfants pouvaient jouer plus loin, ça leur était bien égal. Quand ils se retrouvaient tous les deux, ils se sentaient seuls au monde. Et tout était possible.

Ils s'assirent l'un face à l'autre. Elle le prit par les épaules et le regarda droit dans les yeux.

– Théodore, tu vas faire ce que l'on sait faire et que l'on fait tout le temps. Je vais te dire des mots et tu vas voir les images. D'accord ? Fais-moi confiance. N'oublie jamais que ce moment que nous vivons est un moment exceptionnel. Nous ne savons pas pourquoi nous vivons cela maintenant mais ça a du sens. Pour l'instant il nous dépasse.

Théodore ferma les yeux.

– Théo ! Je te demande d'ouvrir les yeux et de célébrer la vie avec moi. Là, maintenant. Ne te laisse pas happer par ta tristesse.

– Je veux me souvenir de tout, lui confia-t-elle.

– Alors très bien. Donne-moi les mots. Tous les mots.

Elle lui donna les mots en pensée, tous les mots qui avaient construit leur histoire depuis le début. Il prit son carnet qu'il avait toujours dans sa poche et il les dessina. Elle les reçut tout d'abord dans son cœur.

Le temps s'était étiré si longtemps que le soleil se couchait tout au loin sur l'horizon. Quand il revint à lui, Théodore avait dessiné sur toutes les feuilles de son carnet. Ombeline en tenait une dans sa main. Tout autour du dessin, elle avait écrit des mots. Elle posa la feuille à leurs pieds et l'entoura de feuilles et de bouts de bâtons.

– Tu vois Théo, tu viens de dessiner le jour de nos retrouvailles.

– Comment tu le sais ?

– Je le sais, c'est tout.

– Regarde bien ton dessin. C'est bien toi, là ?

– Oui.

– Et là, c'est bien moi ?

– Oui.

– La vie me dit que nous nous retrouverons. Je porterai cette robe bleue que tu as dessinée. Je ne sais pas où, je ne sais pas comment nous nous retrouverons ; ce que je sais, c'est que j'ai posé cette intention autour du dessin. Parce que je t'aime, Théodore. Je t'aime depuis que je t'ai vu la première fois assis sur les marches du perron.

À cet instant, une rafale déplaça les feuilles et les bouts de bâton plus loin sur la plage, ce qui inquiéta Timéo :

– La magie ne va pas opérer ! C'est un signe.

– Bien sûr que non. Les rêves suivent toujours la direction du vent. Et notre rêve a été entendu.

Alors Timéo poursuivit en regardant son dessin :

– Et toutes ces fleurs que j'ai dessinées, où sont-elles, Ombeline ?

– C'est un jardin. Quelque part, un jardin nous attend. Tes dessins sont tes mots. Je crois à tout ce que tu me dis.

Elle lui donna un baiser.

– Je te promets de ne jamais t'oublier Timéo.

– Timéo ?

– Oui, c'est comme ça que mon cœur me dit de t'appeler maintenant. C'est comme un code entre toi et moi.

– Je te promets de ne jamais t'oublier Ombeline, lui répondit-il un peu décontenancé par tout ce qu'il venait d'entendre et de vivre.

Ils se serrèrent très fort comme pour marquer l'instant de tout leur être. Timéo regarda son dessin posé sur le sable et lut la phrase tout autour écrite comme un mantra :

Comme la fleur s'ouvre pour accueillir le soleil, nos cœurs s'ouvrent pour accueillir l'amour et nous nous retrouverons pour nous aimer pour toujours.

Une vague de chaleur parcourut son corps. Il soupira profondément. Puis ils repartirent d'un pas serein vers l'école. Il était de toute façon bien trop tard pour se dépêcher.

CHAPITRE 3

CHAQUE JOUR EST UN NOUVEAU JOUR

Disparition

Dieu est le mot que les humains ont choisi pour parler de tout ce que je suis et quand la mort est sur leur chemin, ils me renient parfois parce qu'ils ne supportent pas l'idée d'être séparés de ceux qu'ils ont aimés. J'avais claqué des doigts une fois, et Timéo avait quitté le pensionnat. Une deuxième fois et Antoine avait disparu. L'amour a plusieurs visages, il ne faut pas se fier aux apparences.

*

Il s'était écoulé trois ans entre les deux événements. Ombeline avait passé ces épreuves avec beaucoup de sagesse. Le cœur brisé, elle s'était adaptée et petit à petit avait recollé les morceaux. À douze ans à peine, elle avait eu cette idée dans la tête que « chaque jour est un nouveau jour » et tout comme le soleil se lève chaque matin, elle avait choisi de vivre pleinement.

C'est sa tante Marcia qui l'avait appelée un jeudi matin du mois de décembre en lui disant que le mois de janvier ne serait plus jamais comme avant, riche en promesses de renouveau ; et de poursuivre que son père était mort, que l'on n'avait pas retrouvé son corps, certainement prisonnier d'un éboulement sur le terrain. Aux dernières nouvelles, Antoine était en mission à Haïti : il avait été détaché sur l'hôpital militaire qui s'était installé dans le lycée français après un tremblement de terre qui avait fait des dizaines de milliers de morts. Dès le lendemain du séisme, plusieurs membres des SAMU en provenance des Antilles, de Guyane et de la métropole étaient intervenus et s'étaient relayés sur le théâtre d'opérations durant tout le mois qui suivi. Antoine suivait parfois des équipes sur le terrain à la recherche de survivants ; on avait associé sa disparition à l'éboulement d'un immeuble de l'ONU lors d'une intervention de sauvetage.

Ce fut tout d'abord comme un vent froid qui avait attrapé Ombeline par les pieds. Paralysée, elle avait juste eu le temps de penser qu'elle allait tomber puis elle avait senti la terre se dérober, tout comme la glace de l'Arctique quand elle se fissure et laisse émerger les eaux glacées, séparant le monde en deux. Au-delà de l'horreur de la nouvelle, elle n'était pas tombée, juste traversée par une pensée : « Je ne serai pas médecin ». Sa tante avait été claire : « Notre Dame de l'Étoile, c'est fini. Je viens te chercher. Il y a une école tout près de la maison, elle fera très bien l'affaire. Tu comprends bien que je n'ai pas les moyens, moi ! »

*

L'histoire se répète inlassablement. Les blessures de l'enfance se rappelaient à Marcia sans qu'elle n'y prenne garde et son manque de délicatesse était à la hauteur de ses revendications. Elle s'était toujours sentie défavorisée par la vie, et prenait la décision que sa vie allait changer. Cette enfant, c'était une chance, la chance de sa vie. L'Oracle le lui avait dit. Encore quelques années à patienter pour en tirer tout son potentiel, mais d'ores et déjà, elle allait en tirer le meilleur parti.

La vie suivait son cours. Les vagues en étaient l'expression avec ses hauts et ses bas. Le fond de l'océan, le soutien. Ombeline ne le savait pas encore, mais la chirurgie que son père pratiquait était une voie de soins pour « réparer les cœurs » ; il en existait d'autres et elle saurait les emprunter.

Le virage

Dans l'arrière-boutique, Ombeline s'était assise sur un tabouret disposé de telle façon qu'elle soit dans le sillage de ce petit courant d'air à peine perceptible mais essentiel tant la chaleur était dense, et suffisamment discrète pour que Marcia ne la voie pas trop vite.

En pleine conversation avec elle-même, elle se mit à penser à sa vie au pensionnat, quelques années plus tôt, à son père qu'elle avait si peu connu, à sa mère partie elle aussi trop tôt et à sa relation avec Timéo, cette amitié amoureuse alors qu'elle n'était qu'une enfant. Elle allait avoir dix-huit ans dans quelques mois et la vie était passée si vite…

Soudain, Marcia se mit à tousser avec insistance, Ombeline comprit qu'il était temps de se remettre au travail.

– Chamtiba ? Ça va ?

La cliente avec qui Marcia discutait depuis quelques minutes s'inquiétait.

– Non, non ce n'est rien. Juste quelques poussières certainement.

Marcia jeta un coup d'œil à sa nièce et reprit sa conversation, rassurée. Tout en étiquetant et rangeant la dernière commande de cristaux en provenance du Brésil et de livres de développement personnel, Ombeline se demandait si la vie qu'elle menait était normale pour une jeune fille de dix-sept ans. Elle avait le sentiment de la passer à chercher à vaincre, jour après jour, cette nausée qui allait et venait, comme pour lui rappeler que la vie avait un autre projet pour elle et qu'il ne fallait pas s'installer dans le désespoir. Elle devait garder confiance en elle.

– Je vous parle des cycles de la Lune, madame Latour. Vous avez la nouvelle Lune et la pleine Lune. Chaque quartier a son importance car quand la Lune est montante, nous sommes plus créatifs, et donc plus tournés vers l'extérieur, quand elle est descendante, alors nous sommes plus dans une période introspective.

– Je n'y comprends pas grand-chose à tout ce que vous me racontez, Chamtiba. Je sais que la Lune a une influence sur les courants marins mais là, vous me dites que je peux réaliser mes objectifs en travaillant avec elle, c'est un grand mystère pour moi.

– La moitié de ce qui nous compose est de l'eau. Vous imaginez bien que si la Lune a une influence sur l'eau des mers, elle peut bien en avoir sur celle qui est à l'intérieur de nous.

Madame Latour resta bouche bée. « Ne pas perdre une goutte de ce que je viens d'entendre », se dit Ombeline, consciente que cela était en résonance avec toutes ses pensées du moment.

*

Marcia avait parlé de la Lune et de son pouvoir pour nous accompagner dans la réalisation de nos rêves. Il avait suffi de peu de choses pour qu'Ombeline se reconnecte à son étoile et que cette dernière lui rappelle son chemin.

Le cœur grand ouvert

Ombeline avait la vie devant elle. C'était une jeune fille de dix-huit ans, belle, intelligente, pleine de ressources. Au-delà du tragique de certains événements qui avaient jalonné sa vie, elle savait reconnaître la chance qu'elle avait d'avoir reçu une très bonne éducation à l'école « Notre Dame de l'Étoile ». Aujourd'hui, sa vie était rythmée par celle du magasin. Elle ne se berçait pas d'illusions quant à l'intérêt que lui vouait sa tante ; son opportunisme était flagrant, toutefois elle lui apportait la sécurité dont elle avait besoin pour rêver à son projet de vie.

Ses parents avaient choisi le prénom Ombeline pour son étymologie : en latin, *ombria* signifiait « sorte de pierre précieuse », et en germain « esprit brillant ». « Ce prénom était fait pour toi » lui disait régulièrement sa mère, juste avant que son père renchérisse avec des « Quelle chance d'être une fille, c'est si beau de donner la vie ! ». Ombeline s'était toujours sentie riche de quelque chose d'exceptionnel et de magique. Rien à voir avec les pierres semi-précieuses, les cartes, ou les plantes médicinales qu'elle avait eu le temps de découvrir et d'apprendre depuis qu'elle vivait chez sa tante. Elle était fascinée par les médecines de la nature mais pressentait que le sens de sa vie était relié aux mots et à leur pouvoir, et qu'elle avait assez d'amour en elle pour en faire cadeau à qui en avait besoin.

*

Il était 14 heures. Le temps au-dehors était gris et maussade, une cliente venait de franchir la porte d'entrée de la boutique avec son parapluie à fleurs rouges et bleues. Elle avait une petite mine et paraissait triste, un peu défaite comme le temps.

– Bonjour, je peux vous aider ? avait suggéré Ombeline.

– Bonjour Mademoiselle, je cherche une personne du nom de Chamtiba. Une amie m'a recommandé ses services.

– Un instant, je vais la chercher.

Chamtiba qui était dans l'arrière-boutique, toujours aux aguets, avait entendu qu'on la demandait et ne laissa pas le temps à Ombeline d'aller jusqu'à elle.

– Bonjour je suis Chamtiba, que puis-je faire pour vous aider ?

La dame au parapluie se tourna vers elle et se mit à sangloter.

– Une amie m'a parlé de vous... C'est à cause de mon mari... Il veut divorcer... Il m'a dit ça, comme ça ! J'ai rien vu venir, vous comprenez ! Je ne sais plus quoi faire... Il paraît que vous êtes spécialiste des cœurs brisés...

– Oui, c'est exact. J'ai des rituels magiques pour les cœurs en peine. Je vais vous donner un rendez-vous pour qu'on puisse voir ça ensemble.

Ombeline, pourtant habituée à ces demandes, ne se remettait jamais de ce genre de témoignage qui la troublait profondément et la mettait dans un état de chagrin dont elle mettait un long temps à se remettre. Cet après-midi-là, une graine venait d'être semée. Elle ne le savait pas encore.

L'amour ne s'achète pas

La mousse recouvrait toute la surface de l'eau de la baignoire. On aurait pu croire qu'un bain avait été oublié pour une raison mystérieuse, une urgence, ou un autre désir plus précieux encore à assouvir. Mais à bien y regarder, deux pieds, entrecroisés, reposaient sur le rebord. Pas de visage. Le calme plat avant la tempête quand tout à coup Ombeline, telle une sirène, émergea et s'assit au cœur de ce blanc immaculé. « L'amour ne s'achète pas ». Cette phrase venait de claquer dans son esprit comme une délivrance.

Elle sortit de son bain et c'est enveloppée de son peignoir qu'elle se présenta devant la glace, prit une serviette pour ôter la buée et les yeux dans les yeux de son reflet, se jura d'aimer chaque jour. Pour elle, l'évidence était là : aimer, c'est trouver le moyen d'aider les autres et il y a toujours un moyen de faire disparaître la souffrance.

Dans la revue qu'elle avait feuilletée au petit déjeuner, une image d'Épinal lui avait rappelé combien il était bon d'être en famille et combien cela lui manquait. Sur la photo, un papa, une maman et une petite fille, tous souriants couchés sur le sol pendant une partie de rigolade. Des moments comme ceux-ci, elle en avait vécu très peu, elle était si petite quand sa mère avait quitté ce monde. Elle n'avait jamais eu de petite sœur ou de petit frère avec qui partager des jeux d'enfants et des confidences. Elle resterait à jamais une enfant unique mais elle savait qu'elle était pour toujours une artiste de la vie car elle aimait les autres et était profondément généreuse.

Le souvenir de sa complicité avec Timéo lui avait traversé l'esprit. S'il était une âme sœur dans son cœur, c'était bien lui. Son souvenir la faisait sourire parfois « Pff, les amours d'enfance, ça ne compte pas » lui rappelait souvent Marcia. Cela lui déchirait le cœur, même après dix ans de séparation. Sa tête donnait raison à sa tante, mais son cœur semblait lui crier « N'oublie jamais ».

C'est en enfilant sa petite robe mouchetée de roses rouges et noires qu'elle vit dans le reflet du miroir, tout contre son orteil, une plume blanche. Elle stoppa tout net sa danse et ce fut comme une fulgurance. Une plume d'ange. Un message. Une interrogation : « Quel jour sommes-nous ? ». Puis une évidence. Nous étions le 2 septembre. Jour de la rentrée des classes. Jour de rencontre avec Théodore.

*

Bien sûr que l'amour existe. Bien sûr qu'il n'y a pas d'âge pour aimer. Bien sûr qu'il y a des promesses qui donnent du sens à la vie. Les livres ne parlent que de cela. Des synchronicités. Des croisées de chemin. De cette petite voix qui nous parle à l'intérieur de nous et qui nous souffle de suivre notre voie, le cœur léger. D'avoir confiance. De suivre le mouvement de la vie.

Cette dame venue au magasin, avec ce gros poids sur la poitrine, avec ses questions restées sans réponse, avec ce vide qui lui faisait face, l'avait interpellée dans ce qu'elle avait de plus intime, cette certitude qu'elle pouvait l'aider.

Ombeline s'installa à son bureau, prit une feuille blanche, une grande inspiration et se mit à écrire les mots qui lui venaient. « Il est une voie, une route qui se trace au rythme de la confiance que tu te donnes et de la foi que tu as en moi. Là où tu t'évades, Je suis. Là où tu vas, Je suis. Tu peux tout à chaque instant. Vois dans le projet de ce qui t'anime, un passage pour être. »

Elle se relut. Frissonna. Prit une nouvelle feuille. Une phrase jaillit à nouveau sous sa plume.

Le rendez-vous

Ludivine Nasro était arrivée à l'heure à son rendez-vous. C'était une belle femme, raffinée, d'une sensibilité et d'une grâce naturelles. Une semaine s'était écoulée depuis le jour où elle s'était présentée en pleurs au magasin. Le temps avait déjà fait son œuvre. L'assurance aussi d'être entre de bonnes mains. Le mal d'amour était le mal du siècle. Marcia n'avait pas de souci à se faire, elle ne risquait pas de mettre la clé sous la porte. Il y avait un vrai business à accompagner toutes ces personnes en mal d'amour. Chamtiba était devenue l'Oracle de Cayenne. Elle avait réponse à tous les maux.

Au fond du magasin avait été aménagé un espace pour ses consultations. Elle avait tout préparé pour cet entretien : deux bougies de couleur rose pour représenter l'amour, de l'encens d'acacia pour bénir ce moment et le protéger du mauvais œil, et du quartz rose pour amener toute la douceur nécessaire à cette opération.

Ombeline avait conduit Ludivine jusqu'à Chamtiba, avait tiré le rideau rouge pour isoler les deux femmes et s'était installée à l'entrée de la boutique. C'était à chaque fois un grand moment pour elle de tenir le magasin. Elle adorait conseiller et écouter les gens raconter leur vie.

– Bonjour Madame Nasro. Installez-vous ici, nous allons procéder à un tirage afin de voir ce que les anges ont à nous dire sur l'ensemble du problème que vous rencontrez, dit Chamtiba à Ludivine.

– Très bien, je vous laisse faire.

– Je vous invite à choisir dix cartes que vous positionnerez ensuite dans l'ordre, les unes à côté des autres. Ne les retournez pas s'il vous plaît.

Chamtiba laissa faire sa cliente. Une fois les cartes disposées sur le tapis, Chamtiba les retourna.

– Alors, que nous dit ce tirage ? Puis-je vous appeler par votre prénom ? C'est plus simple pour moi et cela crée un climat plus intime.

Ludivine acquiesça, comme hypnotisée par ce qui se déroulait déjà devant ses yeux.

– Ludivine, les cartes montrent un climat agité avec de nombreuses interactions sur le plan énergétique. Vous pourriez tirer parti de cette période pour votre évolution personnelle. Les trois premières cartes que vous avez sélectionnées évoquent des transformations essentielles dans votre vie et un nouveau départ. À ce titre, la notion de chance semble particulièrement importante. Vous pouvez également vous préparer à des événements inattendus. On voit ici, dans cette carte et très clairement, qu'il y a beaucoup d'incompréhension entre votre mari et vous. C'est un homme fuyant. Il a une sainte horreur des situations conflictuelles et il évite les sujets difficiles. C'est pour cela qu'il s'éloigne de vous en ce moment et qu'il pourrait s'éloigner de plus en plus. Il vous a parlé de divorce pour mettre un terme à tous ces différends que vous avez entretenus au fil des années, comme pour faire un *reset*. C'est plus simple pour lui. Il ne vous regrettera pas. Je suis désolée de vous dire cela, mais vous devez accepter ce divorce et passer à autre chose. Cet homme n'évoluera pas. Vous oui. Vous pouvez le faire. Dans l'état actuel des choses, il ne sert à rien de faire un rituel pour le faire revenir. Cela ne serait que repousser pour mieux sauter, comme on dit.

À chaque affirmation de Chamtiba, Ludivine acquiesçait de la tête. Les mots n'arrivaient pas à sortir de sa bouche. Dans son esprit, tout se bousculait. C'était tellement juste et pourtant elle restait sur sa faim. Elle aurait tellement voulu garder la main. Le faire revenir pour lui dire point par point tout ce qu'elle avait sur le cœur, pour qu'il reconnaisse ses torts, pour qu'il entende une fois pour toutes qu'il n'avait pas fait ce qu'il fallait pour sauver le couple, qu'il était responsable de tout. De tout.

– Merci Chamtiba !

– Avec plaisir, Ludivine. Je sais bien que ce que je vous ai dit ne vous convient pas. Les anges ne font pas dans le politiquement correct. Ils disent la vérité. Vous avez le choix de suivre leurs enseignements ou pas, vous savez. La vie vous ramènera toujours au même endroit, vous mettrez plus de temps, c'est tout.

Ludivine Nasro tira le rideau et prit le chemin de la porte. Elle titubait presque. Ces révélations l'avaient chamboulée. Il fallait laisser du temps au temps. La vie avait un projet pour elle. Il n'y avait qu'à accepter. Aucune magie ne lui serait bénéfique. Le soleil dans sa vie ne reviendrait pas avec le retour de son mari. Elle aurait sans doute encore beaucoup de chagrin, lui avait dit Chamtiba.

– Attendez ! cria Ombeline tout en lui tendant une enveloppe. À l'intérieur un papier sur lequel était écrit une phrase : « *Les larmes sont un baume pour notre cœur souffrant, l'occasion d'arroser un nouveau jardin* ».

Ludivine sourit et sembla respirer plus amplement.

– Merci chère demoiselle ?

– Je m'appelle Ombeline. Ces mots sont pour vous. J'ai su cela dès que je les ai reçus. Méditez-les, Madame Nasro, chaque fois que vous douterez.

– Vos mots sont déjà doux à mon âme. Merci infiniment.

CHAPITRE 4

LE RÊVE

Rêver, un cadeau du ciel

– Ah !

Ombeline venait de se réveiller en sursaut. Assise sur son lit, les mains sur le cœur, elle essayait de reprendre ses esprits. Dans sa tête, elle était encore en train de lui parler. Il était là planté devant elle, les bras ouverts. Un sourire aux lèvres.

– Papa ?

« Papa est vivant ! Papa est vivant ! » La phrase se répétait en boucle et faisait place petit à petit à une respiration normale.

– C'est impossible ! laissa-t-elle échapper.

Elle se tourna vers sa table de chevet pour attraper son stylo et son carnet afin d'y reporter tout ce qui venait de la traverser. Chaque matin, le rituel était le même : avant de se lever, à peine réveillée, elle noircissait des pages. D'abord écrire au présent tout ce dont elle se souvenait de son rêve de la nuit. Puis, dans une autre couleur, un titre, et enfin un symbole pour repérer rapidement l'énergie dans laquelle elle se trouvait au moment où le réveil avait sonné. Elle appliquait étape par étape cette méthode découverte dans un tuto sur YouTube. Mais là, ce matin, elle était bloquée. Dans la chambre on entendait le cliquetis de son stylo quatre couleurs, et le silence. Prise entre la douceur des retrouvailles et la douleur du manque, elle qui avait vaincu jour après jour l'absence était soudainement repartie des années en arrière. Un jour, elle avait été deux. Elle avait été avec lui. Même quand son père n'était pas là, il était présent. Il lui avait fallu du temps pour se reconstruire une sécurité sans cet énorme pilier qu'il avait été dans sa vie. La pensée fugace que le deux n'était pas pour elle venait de la traverser. Maman est partie. Papa est parti. Timéo est parti. Elle ne pouvait compter que sur elle. Et pourtant elle venait de le voir. Elle était remplie encore de la chaleur de ses bras et de ce sourire si présent. Venait-elle de faire un rêve prémonitoire ou bien était-ce un de ces rêves qui sont là pour nous délivrer un message ? Elle jeta au sol ses affaires et replongea sous les draps. « Je ne suis pas vraiment réveillée après tout. Je vais me rendormir pour rêver à nouveau ». À peine eut-elle mis en mouvement sa pensée qu'elle entendit la voix de son père lui dire « Ose ». Elle n'avait pas rêvé. Ces mots lui avaient été soufflés comme si un hygiaphone était collé à son oreille gauche. Elle crispa ses yeux pour forcer cet état de demi-sommeil mais rien d'autre ne vint. Ni image. Ni autres mots.

*

Quand les yeux ne veulent pas voir, l'âme trouve d'autres voies de passage, et pourquoi pas un rêve ? L'injonction « Ose » lui revenait de façon incessante. Mais oser quoi ? Sa vie était écrite comme une partition de musique. Au réveil, un temps pour elle, pour écrire dans son journal les images de son sommeil. Puis le magasin, où elle passait la majeure partie de sa journée à mettre en rayon des livres, conseiller des clients et préparer des phrases inspirantes pour les personnes venues consulter Chamtiba. Le soir, elle s'endormait sur un livre et seulement parfois sur son « cahier magique », comme elle aimait à l'appeler. Elle l'avait baptisé ainsi car le tout premier offert par son père avait une licorne en guise de première de couverture. Les cahiers s'étaient succédé et aujourd'hui, peu importait l'image ; ce qui avait du sens, c'était d'écrire et d'écrire encore pour soulager son âme et envoyer de l'amour à tous les cœurs en peine. Il y a mille et une façons de prier, elle avait choisi d'écrire. Ce qu'elle ne savait pas, c'est que l'Univers entend ce qui est dit avec le cœur. Et même si certains se plaisent à croire qu'il n'y a ni Dieu, ni Univers, ni ange gardien, Ombeline avait fait le choix de s'ouvrir à cet infini champ des possibles. Il suffisait d'y croire...

La décision

Ce n'est jamais le bon moment pour perdre un être cher. À douze ans, Ombeline n'avait pas vraiment compris ce qui lui arrivait. Aujourd'hui, elle ne comprenait toujours pas pourquoi la vie lui avait enlevé dans un claquement de doigts celui qu'elle aimait le plus au monde. En mode survie, elle avait suivi sa tante et repris le cours de sa vie d'adolescente. Nouveau collège, nouveaux amis, nouveau lieu de vie. Ce rêve qu'elle venait de faire était si réaliste qu'elle avait décidé de remonter le fil de son histoire jusqu'au jour J, jour de la catastrophe qui avait emporté son père de l'autre côté du voile pour toujours.

Dans les archives du Comité International de la Croix-Rouge, elle avait retrouvé un article publié par l'ONU qui commençait ainsi : « Il y a neuf ans, le 12 janvier 2010, à 16 heures 53 minutes et 10 secondes, heure locale, un séisme d'une magnitude 7 a frappé Haïti, faisant des centaines de milliers de morts et de blessés et des dégâts considérables ».

Sur la photo publiée, au premier plan, des secouristes en pleine intervention. Devant eux, un amoncellement de gros blocs de béton et de ferraille. D'autres articles relataient la difficulté des unités envoyées par plusieurs pays pour identifier les victimes. Nombreux étaient ceux qui avaient été enterrés dans des fosses communes.

– Papa !

Comment faire le deuil ? Le corps de son père n'avait jamais été retrouvé. Était-il vraiment mort ? Ce rêve était si prégnant. Il était peut-être là, quelque part. Il aurait perdu la mémoire ; aurait été accueilli par une famille et aurait refait sa vie. Elle l'avait souvent imaginé papa à nouveau après avoir refait sa vie. Ils se seraient rencontrés par hasard. Elle l'aurait reconnu. Il l'aurait aimée, c'est sûr, même sans les images de leur vie d'avant. Elle serait devenue du jour au lendemain l'aînée d'une fratrie pleine d'amour. Et puis son nom écrit dans une liste lui sauta aux yeux et la ramena dans le présent. L'insoutenable réalité la figeait encore, tout comme elle l'avait figée des années plus tôt à l'annonce de sa disparition. « La mort, ça vous prend comme ça et ça vous glace des pieds à la tête » avait-elle écrit un jour dans son journal. Impossible de retenir ses larmes. Face à son ordinateur, elle s'écroula, la tête entre ses mains.

– Papa est mort. Oui papa est vraiment mort.

Dans un cadre, à l'angle du bureau, trois photos. Une prise le jour de la naissance d'Ombeline. Un portrait de sa mère à dix-neuf ans et puis de son père avec elle, dans une aire de jeux, tout près de l'école à Cayenne. Une famille parfaite, si le drame n'était pas venu frapper à la porte. L'amour était si présent.

– Et si j'y allais ?

L'envie soudaine de faire ses valises et de partir sur « son territoire » venait de la prendre au corps. Marcher dans « ses » pas. Rencontrer ceux qui avaient croisé sa route. S'enivrer des parfums et même des couleurs du désespoir, de la peur et de la tristesse. Tout était bon pour être près de lui. Au-delà du noir de la mort, il y avait le blanc de son cœur pur. Son père avait été un saint homme. Elle était sa fille. Elle voulait plus que tout aujourd'hui poursuivre son projet de vie. Elle allait continuer son œuvre. Voilà ce que serait tout le reste de sa vie. Une vie de service. Une vie tournée vers l'autre.

Un rêve peut
en cacher un autre

Quitter la boutique, c'était quitter sa tante, ses amis, les clients, c'était se réinventer une existence, revenir à ses rêves d'enfant, être la fille de son père encore et pour toujours. Sa tante avait mis la main sur son berceau mais elle n'aurait pas sa peau. Même si Ombeline avait beaucoup de gratitude pour tout ce qu'elle avait fait pour elle, elle n'était pas dupe pour autant. La relation avait été « gagnant-gagnant ». Elle l'était moins à présent. Chamtiba avait une image professionnelle en plein essor. Quand on parlait d'elle, on parlait de « l'experte en divination » et on venait la voir depuis la métropole. Ombeline tournait en rond, même si elle rencontrait directement les clients pour leur donner ses petites phrases pleines d'amour comme on transmet un mantra, un talisman, une prière ; elle sentait bien que ses ailes avaient une autre envergure et devaient voler vers d'autres cieux.

Elle avait su créer un espace juste à côté du lieu de consultations au fond de la boutique et l'avait baptisé « SPA de l'âme ». Elle s'y installait un peu avant la fin de chaque rendez-vous, allumait une bougie blanche et mettait de l'encens, puis elle méditait jusqu'à ce que Chambtiba lui amène pour quelques instants la personne venue la consulter. Sa tante se réjouissait de ce temps qui venait s'ajouter à la séance. Cent euros de l'heure était le tarif de base ; deux cents euros avec un petit billet rédigé par Ombeline. Les clients réglaient volontiers cette somme tant ils étaient sous le charme de ce final qui parlait leur directement au cœur.

C'est Aurore Théma qui activa la graine du départ dans l'inconscient d'Ombeline. Il était 15 heures. Elle venait pour la première fois. Et coup du sort, elle n'était pas venue rencontrer Chamtiba mais bel et bien sa protégée. Elle avait entendu parler d'elle par Ludivine Nasro, une de ses amies, et avait profité d'un voyage d'affaires pour faire de ce déplacement un voyage d'agrément où elle saurait prendre du temps pour elle. L'appel de l'amour se faisait de plus en plus grand et son âme la suppliait de mettre un peu de douceur dans sa vie. Elle était lasse. Il était le temps du réconfort. Cette jeune personne qu'elle avait en face d'elle était un ange, elle en était sûre. Son amie le lui avait promis : « Tu verras, elle te percera de ses yeux verts et tout ton être reconnaîtra en elle les mots qui parlent à l'âme ».

Ombeline ne l'avait pas reconnue tout de suite quand elle était entrée dans la boutique. Elle avait bien vu qu'elle était habillée en Gucci des pieds à la tête, magnifique dame bleue dans ce tailleur marine. Les lunettes retenaient ses cheveux lâchés de manière faussement décontractée et ses pieds étaient chaussés de talons aiguilles si hauts qu'elle faisait bien vingt centimètres de plus que sa taille.

C'est son regard qui s'était rappelé à sa mémoire et avec lui cette publicité qui clignotait à droite de sa page sur l'ordinateur à chaque fois qu'elle l'allumait. Cette magnifique jeune femme d'une trentaine d'années, avocate en droit des affaires si elle se fiait à la fiche qu'elle avait sous les yeux, aurait pu être l'effigie de la marque dont elle portait les vêtements.

Après plusieurs tentatives pour expliquer à cette jeune avocate d'affaires que le rendez-vous qu'elle avait pris était prévu avec Chamtiba, que « la » clairvoyante ce n'était pas elle, Ombeline fit patienter Aurore et se rendit au fond du magasin pour prévenir sa tante de ce malentendu.

– Comment ? Qu'est-ce que tu racontes, ma fille ? Tu es tombée sur la tête ou quoi ? Cette fille, je la veux. C'est une sacrée porte d'entrée. Si elle me consulte et qu'elle est ravie de la consultation, c'est tout Paris qui fera la queue devant le magasin, tu entends ? Tout Paris.

– Je lis sur la fiche de rendez-vous que vous avez remplie qu'elle est de Toulouse.

Chamtiba devint rouge d'agacement. Elle détestait la jeunesse quand elle se croyait tout permis parce qu'elle avait l'entendement plus clair, plus vif et plus disposé quelle que soit la chaleur ou la fatigue.

– Eh bien petite sotte, Toulouse ou Paris c'est pareil. Mais qu'est-ce que tu crois, les avocats se fréquentent sur les terrains de golf, dans les soirées mondaines, un peu partout en métropole et surtout,

surtout à Paris. Maintenant cela suffit, fais venir cette jeune femme jusqu'ici. Et vite !

Ombeline connaissait bien les sautes d'humeur de sa tante. La ménopause lui tournait autour depuis plus d'un an. Les bouffées de chaleur la laissaient sans répits et la climatisation ne suffisait pas à tempérer son état. Et même si elle croisait les doigts chaque fois un peu plus fort pour que cela cesse et ne dure pas jusqu'à ses soixante-deux ans comme pour sa mère, Chamtiba n'en était pas plus aimable. La conscience ne fait pas tout quand le cœur reste désespérément fermé à ce qui peut être doux pour l'autre.

– Suivez-moi s'il vous plaît.

Aurore se laissa guider jusqu'à la porte matelassée de skaï bleu. Quand Ombeline l'ouvrit pour laisser entrer la cliente, l'avocate découvrit une femme les yeux fermés, assise devant une énorme boule de cristal, un grand foulard doré autour de sa tête, dans le même tissu que son paréo fermé par un gros nœud sur son épaule gauche ; autour du cou de nombreux colliers multicolores, dont un affublé d'un énorme médaillon et d'un pompon blanc retombant sur son ventre. Toute à ses incantations, elle avait l'air de ne pas avoir entendu la jeune femme entrer.

Après avoir ouvert un œil qui resta dans le vague un instant, Chamtiba ouvrit l'autre :

– Ah bonjour Aurore, je vous attendais. Dès que j'ai raccroché le téléphone lors de votre prise de rendez-vous, le Grand Esprit m'a dit que vous alliez venir et que ce serait un grand jour pour vous.

Aurore crut bon de ne pas intervenir. Elle se retrouvait entre l'envie de rire et la curiosité de ce qui l'attendait si elle acceptait cet entretien malgré tout avec cette personne si pittoresque, l'archétype du marabout dans toute sa splendeur. Elle suivit l'invitation de Chamtiba à s'asseoir sur le fauteuil prévu à cet effet.

– Ils sont tous là, vous savez.

– Qui « ils » ?

– Tous vos morts.

– Ah bon, pourtant je n'ai pas connu de mon vivant de décès autour de moi.

– Bien sûr que si.

– Pas à ma connaissance en tous cas.

– Oui, c'est bien ça. On me dit que « vous ne les connaissez pas véritablement ».

Chamtiba prit la main gauche de la jeune femme entre ses mains et dit avec une voix traînante :

– Ah, je comprends mieux maintenant. Cela ne vous engage pas véritablement. Il s'agit de celle que vous étiez dans une autre vie.

Et poursuivit :

– Aïe. Aïe. Aïe. Vous êtes seule, je vois.

– Oui, comme je vous l'ai dit l'autre jour je…

Chamtiba ne la laisse pas finir.

– Oh ma petite dame, ma petite dame…

Les larmes aux yeux, Chamtiba rajouta :

– Vous avez beaucoup de tristesse. Laissez-là couler à travers moi. Je la canalise et je vous libère.

Elle récita ensuite à tue-tête des prières en laissant des « Mon Dieu », « Notre Père tout puissant » ou encore « Cher Archange Michael ».

– Nous pouvons commencer la séance à présent chère demoiselle. Pour ne rien vous cacher, j'ai fait un tirage ce matin après ma méditation et il n'y a aucun doute, votre route est toute tracée. L'Étoile et le Soleil vous accompagnent. J'ai un très bon pressentiment. Vous allez faire une rencontre qui changera votre vie ainsi que celle de cette personne. Vous êtes au bon endroit ici.

– Vous pensez que je vais rencontrer l'âme sœur ici, à Cayenne ?

– On dirait bien que oui.

Chamtiba reprit son jeu et posa devant elle les cartes tirées le matin.

– Quelle personnalité ! Un sacré tempérament. Quelqu'un ici a besoin de vous. Votre cœur s'ouvre.

Elle posa de nouvelles cartes qu'elle superposa sur les anciennes.

– J'avoue que je fais rarement cela, de reprendre un ancien tirage. Mais il est si intrigant… J'ai envie d'en avoir le cœur net… Un acte d'une grande générosité… assurément.

– Comment vous dîtes ? Je vais rencontrer un homme d'une grande générosité ?

Cela avait l'air de lui plaire s'il en était ainsi et en même temps quelque chose lui disait clairement qu'elle n'avait pas besoin d'un homme pour cela.

Elle était suffisamment autonome pour attendre autre chose d'une relation. Elle voulait sentir le feu dans son ventre, celui dont tant d'amies lui parlaient et qu'elle n'avait jamais ressenti. Elle s'ennuyait à mourir avec les hommes. Et il paraissait pourtant qu'ils pouvaient nous faire sentir si vivante.

– Heu, je ne sais pas s'il s'agit d'un homme. Je regarde.

Elle rajouta une carte, puis une autre, puis encore une dernière.

– C'est assez confus. Ah oui oui ! C'est un fait exprès, on me dit. Vous devez être à l'écoute.

Elle sortit un oracle, le lui tendit.

– Allez-y. N'ayez pas peur elles ne mordent pas. Tirez une carte. Allez…

Aurore commençait à être sacrément agacée par le ton qu'empruntait Chamtiba à son égard, elle était loin d'être une petite fille écervelée alors à quoi jouait-elle ? Peut-être que la voyante était désarçonnée par ce qu'elle lisait dans les cartes ou bien par sa demande initiale de rencontrer exclusivement Ombeline ? D'ailleurs si elle avait accepté de la suivre, c'était bien parce qu'elle avait vu combien la jeune fille était embarrassée par ce malentendu. Comme l'argent n'était pas un problème, elle paierait deux consultations. Une avec Chamtiba. Une autre avec Ombeline. Cette dernière l'interpellait au plus haut point ; ce qu'on lui avait dit d'elle était bien en dessous de son ressenti. Son atout majeur dans tout ce qu'elle entreprenait était son intuition, mais quand il s'agissait de se projeter, pour elle aucune vision à long terme. Ni à court terme, d'ailleurs.

Aurore pointa son doigt sur une carte.

– Celle-ci.

– Ben allez-y, retournez-la et lisez le petit texte.

– « L'amour est immortel ».

Chamtiba se mit à roter une fois, puis une fois encore, comme le font certains chamans. Et les yeux fermés :

– Quelqu'un veut vous parler. Il vient de loin. De votre dernière vie. Vous êtes une femme. Il est un homme. Oui c'est ça. Il me dit que vous lui avez promis de la retrouver. Ça vous parle ?

– Pas du tout. Comment voulez-vous que je me souvienne de mon ancienne vie ?

– Oh, il n'a pas l'air très content. Il me dit de vous rappeler qu'il est le temps de la retrouver. Cela ne peut plus durer. Maintenant. Vous devez la retrouver maintenant.

– Retrouver qui ? Et comment maintenant ? Puisque je suis avec vous.

– Il s'en va. Ah ben il est parti ! Il avait l'air si triste. Il avait un carnet sous le bras. Vous savez, un genre de carnet pour croquer un paysage. Vous connaissez un artiste ? Ou une artiste ?

– Non. Non. Vraiment je ne vois pas. Ce qui m'interroge c'est le « maintenant » dont il a parlé et pourquoi cette phrase « L'amour est immortel ».

L'avocate sortit de la consultation quelques minutes plus tard, complètement déroutée.

Ombeline l'invita à se détendre dans le petit salon et lui prépara une boisson citronnée pour se rafraîchir.

– Vous savez, elle est parfois remontée.

– C'est pas ça. Je savais bien que ce n'était pas elle que je devais voir, c'est vous.

Ombeline lui tendit une petite enveloppe ; à l'intérieur, une petite carte.

– Ce sont ces mots qui me sont venus. Et ce n'est pas coutumier que je canalise trois phrases comme aujourd'hui.

Aurore sortit le petit carton de l'enveloppe : « *Pour stimuler ta vie, trouve des défis à la hauteur de tes ambitions. Quand les portes s'ouvrent, ait l'audace de les franchir, le meilleur t'attend. Il n'y a pas de destinée sans les autres.* »

Trois phrases comme un rébus. Ombeline rompit le dialogue intérieur d'Aurore.

– Je suis désolée, j'en ai une quatrième à vous transmettre, elle vient de m'être dictée, je vous la donne avant de l'oublier.

Elle prit un stylo et écrivit au dos du carton : « *L'amour donne à la vie un éclairage différent... Ne te contente pas d'en parler, manifeste-le !* »

Aurore reprit sa conversation intérieure. « Bonjour le voyage d'agrément ! Un entretien que je n'avais pas prévu avec des indications sibyllines, des messages de l'au-delà, des prédictions qui parlent du présent et non du futur, et dans le présent, une jeune femme prénommée Ombeline, un bien étrange prénom, me donne un rébus en guise de message pour aller plus loin. C'est à ne rien y comprendre et pourtant cette fille me parle. Je veux en avoir le cœur net... »

– Ombeline, je souhaite vous rencontrer en tête à tête. Je paierai les deux consultations ainsi que vos messages, dit-elle pour que Chamtiba ne vienne pas saboter encore sa demande.

Aurore Théma n'avait pas fait neuf heures de vol pour rien. Son retour était programmé deux jours plus tard. Elle séjournait à l'Hôtel Mercure Cayenne Amazonia Royal à 106 euros la nuit.

L'invitation

– Vous voulez me rencontrer en tête à tête ? Comme je vous l'ai dit, je ne donne pas de consultation, s'empressa de répondre Ombeline un peu désorientée par cette demande.

– Ici nous ne serons pas à notre aise. Connais-tu un endroit tranquille où nous pourrions discuter ? Un restaurant par exemple. Je t'invite à dîner tiens. C'est possible pour toi de sortir après ta journée de travail ?

« Il y a des journées qui ne sont vraiment pas comme les autres. D'abord je rêve de Papa, puis je prends la décision de quitter la boutique sans trop savoir comment je vais m'y prendre. La première cliente du magasin m'apparaît telle une star et demande à me voir. Chamtiba prend de grands airs de médium histoire d'impressionner Aurore et finalement c'est moi qu'elle a bluffée. Et là, je suis face à une femme qui me demande de dîner avec elle, mais pourquoi ? »

– Mais pourquoi ? dit Ombeline à voix haute.

– Pourquoi quoi ? Pourquoi je vous invite à dîner ? Un coup de cœur. Je suis là pour deux jours encore. Et j'ai le sentiment que même si je suis venue pour une consultation, je ne suis pas là par hasard et j'ai pour habitude de suivre le vent… Là, il me souffle de passer ce temps avec vous.

– Je finis à 18 heures 30.

– C'est parfait. Je passerai vous prendre. D'ici là, je retourne à ma chambre d'hôtel. J'avais prévu de faire du tourisme ; c'était sous-estimer la chaleur. Ce n'est pas trop dans mes habitudes de ne rien faire mais là, je crois bien que je vais manger sur le pouce et faire une sieste pour intégrer tout ce que j'ai entendu ce matin.

Chamtiba regardait la scène du fond du magasin, tout en agitant énergiquement son éventail. Tout cela n'avait pas l'air de lui plaire. Aurore monta le ton de sa voix et fit un grand signe à Chamtiba en guise de remerciement et d'au revoir.

Ombeline resta vague dans les réponses qu'elle donna à sa tante. Oui, elle avait accepté une invitation à dîner. Non, elle ne trouvait pas ça bizarre, cette avocate avait l'air sympa et ne connaissait personne sur Cayenne alors pourquoi ne pas contribuer à la divertir ? Et puis cela faisait bien longtemps qu'elle n'avait pas été invitée à dîner au restaurant — avec pour sous-entendu que sa tante ne le faisait pas assez souvent ; le travail, toujours le travail, il y avait peu de place dans sa vie pour le plaisir.

À 18 h 30 précises, Aurore entra dans le magasin, Ombeline était prête et l'attendait derrière le comptoir. Elles saluèrent Chamtiba et sortirent sans préavis de la boutique.

La voiture était garée dans la rue voisine.

– Qu'est-ce qui vous ferez plaisir Ombeline ? Suivant votre choix, nous irons en voiture ou à pied.

C'était bien la première fois qu'elle pouvait choisir un restaurant. De quoi avait-elle envie ? Après un petit temps de réflexion qui n'en était pas vraiment un puisqu'elle y avait pensé durant l'après-midi, elle répondit :

– Il y a la Pizzeria où une amie travaille, c'est à Remire-Montjoly. Il y a une terrasse vraiment sympa, l'ambiance est décontractée. Les pizzas sont un vrai délice. Celle que je préfère, c'est la Cayennaise avec ses crevettes et son piment émincé. Ou alors, il y a le Paris Cayenne, c'est un très bon restaurant aussi. Le cadre est atypique, chaleureux et classe en plus, comme vous. Puisque vous me donnez le choix, j'opte pour celui-ci, en plus il est à deux rues d'ici.

– OK Ombeline. Je te suis. Tu es mon guide aujourd'hui, n'est-ce pas ? répondit Aurore confiante et amusée d'autant d'assurance dans cette jeune femme d'une vingtaine d'années. Ne fallait-il pas réserver ?

– Ne vous inquiétez pas. Il est tôt encore. Dans une heure, oui, il y aura la queue.

Elles arrivèrent toutes les deux tranquillement jusqu'à une maison de construction de type colonial tout éclairée de néons bleus en plein jour ; à l'intérieur, des tables rondes à nappe blanche.

– Bonjour, dit Aurore au serveur qui s'avança vers elles. Une table pour deux s'il vous plaît.

– Bonjour mesdames, avez-vous réservé ?

Aurore soupira intérieurement. Pour aller souvent au restaurant, elle connaissait la formule, qui laissait sous-entendre au client que cela allait être compliqué de lui trouver une place étant donné la fréquentation du lieu… pour finalement consentir à libérer une table.

Le serveur les accompagna jusqu'à une table tout près d'une immense plante verte tropicale à larges feuilles ; Aurore dit une plaisanterie avec l'accent typique du sud de la France.

Elles s'assirent et Aurore prit le temps de regarder autour d'elle. Le dépaysement était total. Avant de commander, elles se laissèrent tenter par le cocktail maison.

– À nous, dit Aurore en levant son verre et en le faisant tinter contre celui d'Ombeline.

– À nous, trinqua la jeune femme sans savoir vraiment ce qu'il y avait derrière ce « nous ».

Mais déjà Aurore avait le nez dans la carte toute concentrée à choisir parmi tous les plats proposés.

– Je vous suggère le blaff de crevettes aux cives avec son riz parfumé et du couac en accompagnement.

– Je ne connais pas. Je comprends que c'est fait à partir de crevettes mais pour le reste…

– Le blaff est un plat Antillo-Guyanais, qui ressemble à un court bouillon bien relevé dans lequel sont cuites des crevettes. Ensuite les cives sont des aromates coupées en petits bouts que l'on utilise un peu ici comme des oignons. Et pour finir, on accompagne le tout avec du couac, de la semoule de manioc.

Ombeline poursuivit :

– Moi je choisis le filet d'acoupa rôti au four. Marcia, heu Chamtiba est bonne cuisinière et j'avoue que c'est pour cette raison que nous n'allons pas souvent au restaurant. Elle fait du blaff régulièrement par contre le poisson, elle n'aime pas en préparer par ce qu'elle trouve que ça embaume la maison et qu'il y a bien assez « d'âmes errantes pour laisser courir ce genre d'odeur en plus » comme elle dit.

Et sans prêter gare au regard étonné d'Aurore, elle renchérit :

– Je vais me régaler.

Elle avait l'air affamée. Aurore sourit, cette jeune femme était vraiment attachante. Comment pouvait-elle être aussi inspirée dans ses textes et si impulsive dans son quotidien ? C'était tellement rare dans son univers juridique de rencontrer des personnes aussi pétillantes qu'elle était sous le charme. Elle parlait sans filtre, sans duplicité. Une personne aussi authentique, « ça vaut de l'or », pensa-t-elle.

Le serveur prit la commande avec une vélocité surprenante comme s'il avait déjà anticipé le choix de ces deux jeunes femmes.

– C'est fou, on dirait que ce serveur a une boule de cristal en guise de cerveau !

Ombeline plaisantait avec légèreté, complice de ce qui se jouait devant ses yeux : un serveur qui jouait le rôle de celui qui a beaucoup d'expérience et cette avocate inconnue quelques heures auparavant.

La vie lui parlait mais elle ne comprenait pas encore le sens de ce qui se tramait.

Mise en lumière

Le repas commença de la meilleure façon qui soit avec cocktail fameux proposé par le serveur. C'est Aurore qui avait lancé cette invitation et c'est elle à présent qui donnait le tempo.

– Ombeline, voilà, je vais te raconter une petite histoire, ou plutôt tenter de dérouler le fil de tous ces liens qui m'ont menée jusqu'à toi. Je suis l'amie d'une amie de Ludivine. Sheila, je ne sais pas si tu la connais. Nous nous appelons au moins une fois par mois et lors de son dernier coup de fil, elle n'a pas tari d'éloges à ton égard. Et Ombeline par-ci et Ombeline par-là. Il paraît que tu as changé la vie de son amie Ludivine, ça te dit quelque chose ? Au fait, ça ne te dérange pas que je te tutoie ?

– Oui je vois très bien qui c'est et oui vous pouvez me tutoyer, bien sûr.

– Elle m'a parlé d'une petite carte que tu lui as remise après une consultation très virulente pour elle. Que tu avais eu les mots pour la réconforter alors même que tu n'avais pas assisté à la séance et que tu ne savais rien de plus que son intention de se rabibocher avec son mari qui l'avait quittée. Or, elle a suivi les conseils de Chamtiba de ne pas chercher à renouer avec lui mais surtout elle s'est laissée inspirer par tes mots « *Les larmes sont un baume pour notre cœur souffrant, l'occasion d'arroser un nouveau jardin* ». Mon amie m'a raconté combien elle avait pleuré encore durant des jours et des jours jusqu'à ce qu'un matin, elle n'y arrive plus. Un peu comme les enfants qui pleurent pour attirer ton attention et qui se remettent à jouer si tu ne les regardes pas. Il lui a fallu du temps pour remonter à la source de ce qui l'avait fait souffrir. Et puis cela lui est apparu insignifiant. Elle a mesuré le temps perdu à attendre quelque chose qui ne reviendrait jamais pour se rendre compte finalement que ce quelque chose en question n'avait jamais été présent dans sa vie. En deux, trois mouvements sur l'échelle du temps, elle a fait une formation en relation d'aide et a monté sa boîte de coaching pour accompagner les femmes à s'ouvrir et à développer leur potentiel d'entrepreneuses. Tout ce qu'elle m'a raconté ronronnait à mon oreille. Je vois tellement de femmes démunies dans les divorces tellement elles ont d'attentes, que je me suis demandé comment quelques mots avaient pu suffire pour qu'elle ait le déclic. C'est si difficile de changer.

Ombeline écoutait Aurore et avait l'impression que l'on parlait de quelqu'un d'autre, qu'il ne s'agissait pas d'elle tant il lui était facile de faire ce qu'elle faisait spontanément pour les autres.

– Ombeline, tu es un vrai diamant brut. Chamtiba utilise et abuse de ton talent. Moi mon déclic, c'est que je veux te polir, pas pour le lisser, mais pour que tu lui donnes toute la dimension qu'il mérite !

Dans un souffle, elle expira en acquiesçant de la tête. Elle venait de comprendre pourquoi elle était venue, pourquoi elle avait suivi son intuition. Elle avait besoin d'être enseignée par Ombeline et allait lui ouvrir les portes d'une existence qu'elle ne soupçonnait pas. Le tapis rouge se déroulait dans sa tête. Pour elle, une nouvelle dimension à son activité et pour Ombeline la voie de l'envol. La lumière était partout sur le chemin.

La jeune femme était décontenancée et ravie tout à la fois. Elle avait à peine rêvé à un changement de vie qu'il se racontait sans qu'elle n'ait eu le temps même de le penser.

Aurore, en professionnelle du discours, reprit son monologue.

– Tu n'es pas sans savoir qu'il n'y a pas de réussite sans implication, sans petit pas personnel. Je suis sur ta route et je commence à voir la trame de ce qui se tisse avec une évidence exceptionnelle mais il y a une décision à prendre. L'univers a dû entendre ta demande, c'est pas possible qu'il ait ouvert autant le robinet sans que tu n'en sois à l'origine.

Elle sourit car elle connaissait le pouvoir de l'intention et combien il était essentiel d'être au clair avec ce que l'on demande.

– En quelques mots : je souhaite t'apporter mon soutien. Dis-toi que je suis ta marraine et que je viens de souffler sur ton berceau.

Et elle rajouta :

– D'accord j'arrive avec quelques années de retard mais « il n'est jamais trop tard pour avoir une enfance heureuse » nous dirait Milton Erickson.

Le miroir

Aurore et Ombeline avaient passé une belle soirée ensemble. Elles avaient chacune à leur tour eu l'impression sans en parler de se connaître depuis toujours.

« La magie opère seulement si tu y crois ». Ombeline allait quitter Cayenne et voler de ses propres ailes. Le lendemain matin, dans son cahier magique, elle avait commencé à écrire « En route vers la joie ». Son cœur chantait. Elle entendait la mélodie rythmée par les mots qui s'écrivaient sans effort. L'intention de partir avait été si juste et si forte qu'elle se retrouvait avec un espoir démesuré. C'était du jamais vu pour elle. Aurore lui avait demandé de lire à haute voix les quatre conseils qu'elle lui avait écrits sur le petit carton afin qu'elle se les réapproprie. « Ce qui est bon pour moi est bon pour toi ».

La vie reprenait ses droits, et les défis étaient à la hauteur des ambitions de chacune. Les portes s'ouvraient parce qu'elles avaient dit oui à la rencontre. À deux, elles étaient plus fortes et avaient pris la décision de se laisser guider par l'énergie d'amour, de suivre le vent, pour réaliser concrètement ce pour quoi elles étaient faites. Elles se donnaient les moyens de croire en leur rêve. Elles étaient comme les faces d'une même pièce. Aurore avait déjà atteint la réussite sociale, et avait à donner un autre sens à cette guidance qu'elle appelait « intuition ». Ombeline était connectée depuis toujours à la transcendance, son être tout entier se faisait canal de ce qui ne se voit pas et même si elle donnait vie aux mots qu'elle recevait, il lui restait à nourrir le monde avec ; et le monde était grand.

Et Chamtiba ? Qu'allait-elle penser de cette décision de partir, de quitter le magasin ? À peine Ombeline avait-elle ouvert la porte d'une nouvelle vie qu'elle était en train de la refermer et se voyait coincée sur un bateau avec sa tante. Le sort en était jeté. Son cœur se refermait et les larmes coulaient sur ses joues jusqu'à s'écraser sur les mots de son journal.

« Laisse aller cette image morbide que tu as quand tu penses à Chamtiba ».

Le texto qu'elle recevait était en synchronicité avec ses pensées. « Ne t'inquiète pas pour elle, elle rebondira ». Elle recopia ce message, poursuivit le fil de ce qui avait besoin de se raconter, et se remit à respirer amplement. Elle avait posé une intention et sa vie avait changé de direction, il ne lui restait plus qu'à régler les voiles pour arriver à bon port.

L'audace de vivre

Dire oui à la vie, c'est être sacrément déterminée à s'y abandonner. Elle avait dit oui à Aurore et l'avait suivie sur Toulouse. Il lui avait fallu à peine quelques heures pour faire sa valise et quitter le magasin. Elle avait attendu ses dix-huit ans comme on attend le Messie et elle avait compris pourquoi une fois dans l'avion. Elle était libre. Une femme libre.

– Vous savez la phrase qui me vient à l'esprit Aurore ?

– Tu peux me tutoyer, nous en avons déjà parlé, sinon j'ai l'air d'être plus vieille que je ne le suis. Tu me disais quoi déjà ? Ah oui ! Non je ne sais pas à quoi tu penses.

– Je pensais à Dieu, tellement je suis heureuse et la phrase que j'ai reçue est « Derrière un esprit radieux se cache le sourire de Dieu ».

Aurore rajouta :

– Jolie phrase avec des rimes en plus. Tu sais, j'entends que Dieu, ici, c'est toi. Cet esprit radieux est le tien et son sourire t'appartient. Pour moi Dieu, c'est l'énergie d'amour et il est en toi, ne le sens-tu pas ?

Ombeline ne répondit pas, elle savourait chaque instant comme une enfant qui découvre le monde qui l'entoure. Elle alternait entre rêveries et questions. Des flots de questions auxquelles Aurore répondait et elle lui partageait ses joies, ses peines et la relation toute particulière qu'elle avait avec sa sœur jumelle.

– Elle m'a dit un jour où le doute m'étouffait : « Ta vie est le reflet de tes efforts ». Car la vie pour elle nous offre le choix d'avancer ou de stagner, de réussir ou d'échouer. Chacun la façonne selon ses épreuves, ses combats. Pour ma sœur, la vie est comme un grand parc d'attractions. Trois jeux s'offrent à nous : l'audace, la peur ou la résignation.

Ombeline se tourna quelques instants et regarda par le hublot. Elle aurait tellement aimé avoir une sœur elle aussi pour partager des moments comme ça, dans l'écoute et le soutien.

– Ça t'intéresse que je poursuive ?

– Oui, oui, j'adore ! Quels sont ces trois jeux dont tu parles ?

– L'audace, c'est quand on accepte de monter dans le Grand Huit et de faire face à la vie, avec ses hauts et avec ses bas, et elle peut être passionnante, tu sais. La peur, c'est quand on accepte de rester dans la file d'attente et que l'on regarde les autres s'amuser sans prendre aucune décision. Être spectateur de sa vie, c'est accepter que la peur devienne notre ombre et garder l'espoir que ça change... Il ne faut surtout pas faire d'amalgame entre peur et réalité. Et pour le dernier jeu, celui de la résignation, on choisit de monter sur le petit manège et de tourner en rond sur le dos des petits chevaux. Aucun risque, aucune expérience. Se laisser vivre, mais ne rien vivre... Tu as choisi l'audace Ombeline ! Tu vas te régaler !

Ombeline entendit dans son esprit des mots lui dirent que la vie était un cadeau à ouvrir et elle s'endormit sereinement. Toulouse était le prochain sur sa liste et sa liste était longue.

CHAPITRE 5

LA DIRECTION DU VENT

Toulouse

10 ans plus tard

– Mais comment une si jeune femme comme vous peut-elle accompagner une si vieille femme comme moi ? Comment est-ce possible que vous me touchiez autant ? D'où vous vient ce talent ?

Ombeline invita Josepha à se relever de la table de soins, à revenir dans son corps et à poser délicatement ses pieds au sol. Et pendant qu'elle remettait ses chaussures, Ombeline s'installa dans son fauteuil :

– J'ai vingt-huit ans. Le fait que je sois jeune comme vous dîtes n'a pas d'importance dans ce que je fais car ce n'est pas moi qui fais vraiment le travail. Je me laisse traverser par une énergie d'informations et je vous les délivre parce que ce sont celles dont vous avez besoin en ce moment pour avancer sur votre chemin.

– Oui, mais tout dans votre cabinet est si lumineux, si inspiré, on dirait que tout a un sens, une place. Vous avez été formée à tout cela ?

– En quelque sorte, oui. Par les expériences de la vie et aussi par quelques années passées à travailler dans une librairie où j'ai eu à portée de mains tout un tas d'ouvrages qui m'ont ouvert les yeux sur des mondes parallèles et permis de mettre des mots sur des vécus dont je n'osais parler à personne. J'ai découvert aussi le pouvoir des minéraux, des essences, et des symboles.

– Vous me fascinez Ombeline. Je ne remercierai jamais assez Ludivine de m'avoir donné votre nom. J'ai aimé le travail que j'ai fait avec elle. C'est une sacrée coach, vous savez. Elle aussi a eu un drôle de parcours. Mais ce que nous faisons ensemble, j'adore. Et je comprends mieux tout ce que vous me dites maintenant que j'ai cheminé personnellement. Les mots que vous me délivrez sont des pépites et m'accompagnent d'une fois sur l'autre.

– Oui ces reliances sont comme des bénédictions. Votre âme vous fait passer des messages pour vous indiquer la meilleure voie. Vous gagnez du temps si l'on peut dire ou plutôt l'invitation est de sortir du doute. Nous avons beaucoup de personnages en nous, beaucoup de rôles à jouer qui parfois mènent la dansent. Le job est de rester le capitaine de notre navire, n'est-ce pas ?

– C'est une belle image ! Seule notre âme connaît la destination. Notre mental, lui…

– Oui, notre mental nous raconte souvent des histoires. Même si nous avons besoin de lui, il ne faut pas perdre de vue qu'il est à notre service et non le contraire.

Josepha régla la consultation, prit un autre rendez-vous et, en guise d'au revoir, rassembla ses mains sous son menton. Namasté. Ombeline la raccompagna jusqu'à la porte.

– À bientôt, Josepha.

Parce que la vie est cousue de fil d'or pour qui sait voir les liens, Ombeline fit un Namasté à son tour. La gratitude faisait partie de son quotidien et elle ne cessait de remercier et bénir tout ce qui faisait son existence, les petites joies comme les peines. Elle savait que la vie prenait des chemins inattendus pour interpeller son âme.

*

« Deviens ce que tu es ». Cette injonction à être, attribuée à Nietzsche, était devenue son credo depuis qu'elle avait décidé de marcher dans les pas de son père. Elle n'avait pas manqué de faire les liens avec les rencontres qui avaient jalonné sa vie : sa mère, son père, Marcia, Aurore et Ludivine. Même sa tante finalement était sur la liste. Chaque jour, elle s'employait à remplir pas à pas cette tâche de suivre ce qui la portait et ce jour-là, une fois Josepha partie, elle s'était assoupie dans son fauteuil en attendant le prochain rendez-vous, en repensant aux cailloux blancs sur son chemin. Maman, Papa, Marcia, Aurore, Ludivine et Timéo.

Timéo ? Le prénom l'avait pris par surprise. Timéo. Oui Timéo. Cet ami avec qui elle avait partagé quelques années au pensionnat. Timéo qui l'avait quittée du jour au lendemain, pour suivre ses parents. Il était parti en lui faisant la promesse de se retrouver un jour. Vingt ans avaient passé. Elle était une femme aujourd'hui. Elle avait quitté la Guyane dix ans auparavant pour s'installer à Toulouse.

Ombeline ouvrit les yeux d'un coup, le cœur tapait dans sa poitrine. Toulouse. Le père de Timéo, vingt ans plus tôt avait intégré un poste au CNES, dans la ville rose.

C'est à ce moment-là que le client suivant sonna à la porte.

La lettre d'amour

« À toi qui me sait, je te dédie cette lettre d'amour que j'écris comme une prière, une intention de mon âme à se livrer authentique dans la magie de cet instant de grâce.

Je te fais la demande de vibrer de tendresse, de respirer à grandes bouffées l'espoir d'une vie nouvelle, et de retrouver le chemin qui mène à celui que j'aime.

Accepte toute ma gratitude d'avoir libéré mon cœur de la solitude et guide moi pour explorer l'avenir avec confiance et retrouver enfin celui qui saura m'apprivoiser dans l'amour de qui je suis.

J'ai la vision de cet autre à mes côtés et cela me remplit de joie de partager l'amour de la vie avec lui.

Je prie avec allégresse pour que cette belle émotion qui m'anime en cet instant fasse de ces mots d'amour les racines d'une vie inscrite dans l'éternité ».

*

Ombeline était apaisée. Elle s'était levée au petit matin et, encore un peu endormie, avait cherché partout, dans les revues posées sur la table du salon, celle dans laquelle elle avait vu l'article qui faisait référence à un concours organisé par la

Poste à l'occasion de la Saint-Valentin « La plus belle lettre d'amour ».

Une fois la revue retrouvée, elle s'était installée à son bureau et les mots avaient jailli sous sa plume, de la même manière que tous ceux qu'elle canalisait à chaque fois qu'elle sentait l'appel de l'âme.

Elle aimait les lettres manuscrites et pourtant elle n'en écrivait plus. Le temps passait si vite qu'il ne se laissait jamais prendre au jeu de l'attente. Elle participait à cette immédiateté du monde en écrivant elle-même des articles dans Instagram ou en donnant à lire les mots du cœur reçus en consultation aux personnes en quête de messages inspirés.

Ombeline plia la feuille, la mit dans l'enveloppe et prit soin de rédiger l'adresse. « Je fais ma part et la vie s'occupe du reste », se surprit-elle à penser.

Cette lettre était une bouteille à la mer. Et pourquoi pas, après tout ? Pourquoi ne serait-elle pas entendue, une fois de plus, par le Très-Haut ?

Un jardin sur le toit

Tout s'était agité d'un seul coup. À peine le traditionnel « Coupez » venait-il d'être prononcé que chacun se mit à s'agiter dans le public et sur le plateau, comme autorisé à sortir de ce monde d'entre les mondes pour retourner à sa vie.

Je me retrouvai assise sur le canapé à côté de cet homme qui venait de m'interviewer. Nous n'avons plus rien dit pendant quelques instants qui m'ont paru infiniment longs. Et puis il s'est levé et m'a pris par la main pour m'inviter à en faire de même. J'étais sonnée. Il devait l'être également car il venait de courir un sprint en étant concentré sur le but à atteindre de réaliser l'interview, tout en conversant avec cette partie de lui qui cherchait à faire des liens.

– Je vous invite à prendre un verre au bar.

Je l'ai suivi sans un mot, encore empreinte de tout ce qui venait de se passer. Dans l'ascenseur qui nous menait au dernier étage, lui non plus n'a rien dit. Il m'a regardée. Je sentais, ressentais la profondeur de sa respiration dans chaque pulsation de mon cœur. Quand la voix de synthèse a retenti pour nous indiquer que nous étions arrivés au « dernier étage », j'ai presque sursauté. Il m'a à nouveau pris par la main jusqu'à nous installer en terrasse. J'étais grisée, l'émotion était si forte. C'est là qu'il a osé un « Ombeline ? », auquel j'ai répondu un « Timéo ? ».

Nous étions seuls, assis au beau milieu d'un jardin sur les toits avec une vue à 360° sur les toits de la ville ; j'ai réajusté la bretelle de ma robe bleue pour me donner une contenance et je lui ai dit :
— Nous avons été exaucés.
Il s'est levé, s'est assis à côté de moi et, sans me quitter des yeux, m'a prise dans ses bras.

J'ai vécu ce jour-là, le plus beau moment de ma vie, tout en sachant intimement qu'il y en aurait d'autres.

*

Il est des rêves qui fondent une vie ; ceux d'Ombeline suivent la direction du vent, le mouvement de la vie.

*

Et vous, cher lecteur, quelle suite donneriez-vous à cette histoire ?

unpapillon.coeur@gmail.com

TABLE DES MATIÈRES

Ce livre a été réalisé
en collaboration avec Sylvie Piriou,
coach de vie intuitive à Toulouse.

La magie d'être soi
www.sylviepiriou.com

Edition : Books on Demand,
12/14 rond-Point des Champs-Elysées, 75008 Paris
Impression : BoD - Books on Demand, Norderstedt, Allemagne
Dépôt légal : mars 2021